D0714744

la courte échelle

Les éditions de la courte échelle inc.

Alain Ulysse Tremblay

Alain Ulysse Tremblay a exercé mille métiers. Il a entre autres été travailleur de rue pendant quelques années et il a collaboré au journal *L'itinéraire*, comme journaliste. Il enseigne présentement les communications à l'Université du Québec à Montréal.

Alain Ulysse Tremblay a toujours aimé raconter des histoires. C'est pourquoi il adore son travail d'écrivain. À la courte échelle, en plus d'écrire pour les jeunes, il est l'auteur de deux romans pour les adultes. La revue *Stop* a publié deux de ses nouvelles, dont l'une a remporté une mention spéciale. De plus, depuis plusieurs années, il adapte et crée des pièces de théâtre et des comédies musicales pour une troupe de théâtre d'étudiants. Alain Ulysse Tremblay est également artiste peintre et il a déjà enseigné le dessin et la peinture dans la région de Charlevoix où il est né.

Céline Malépart

Céline Malépart a toujours été passionnée par le dessin et les couleurs. Elle a étudié les arts graphiques et l'illustration à l'Université Concordia. Depuis, elle travaille comme illustratrice pour des maisons d'édition et des magazines au Canada et aux États-Unis. Céline a deux enfants qui dessinent tout le temps et trois chats qui miaulent tout le temps. Elle adore les mangues et les mûres, les sushis, le riz et les spaghettis. *Le don de Jonathan* est le troisième roman qu'elle illustre à la courte échelle.

Du même auteur, à la courte échelle

Collection Roman Jeunesse
Mon père est un Jupi
Le livre de Jog

Alain Ulysse Tremblay

LE DON
DE JONATHAN

Illustrations
de Céline Malépart

la courte échelle
Les éditions de la courte échelle inc.

Les éditions de la courte échelle inc.
5243, boul. Saint-Laurent
Montréal (Québec) H2T 1S4

Conception graphique de la couverture:
Elastik

Conception graphique de l'intérieur:
Derome design inc.

Mise en pages:
Mardigrafe inc.

Direction littéraire et artistique:
Annie Langlois

Révision des textes:
Sophie Sainte-Marie

Dépôt légal, 2ᵉ trimestre 2003
Bibliothèque nationale du Québec

Copyright © 2003 Les éditions de la courte échelle inc.

La courte échelle reconnaît l'aide financière du gouvernement du
Canada par l'entremise du Programme d'aide au développement de
l'industrie de l'édition pour ses activités d'édition. La courte échelle est
aussi inscrite au programme de subvention globale du Conseil des Arts
du Canada et reçoit l'appui du gouvernement du Québec par
l'intermédiaire de la SODEC.

La courte échelle bénéficie également du Programme de crédit d'impôt
pour l'édition de livres — Gestion SODEC — du gouvernement du
Québec.

Données de catalogage avant publication (Canada)

Tremblay, Alain Ulysse

  Le don de Jonathan

  (Roman Jeunesse; RJ123)

  ISBN: 2-89021-635-7

  I. Malépart, Céline. II. Titre. III. Collection.

PS8589.R393D66 2003	jC843'.6	C2003-940615-6
PS9589.R393D66 2003		
PZ23.T73Do 2003		

Introduction

Par chance, j'ai eu mon père. Sinon je ne sais pas ce que je serais devenu. Je me demanderais encore sûrement à quoi servent toutes ces choses: les mathématiques, les sciences et ces trucs étranges dont parlent les savants dans leurs livres.

Je suis Jonathan, le fils aîné de l'éminent astrophysicien Julien Ferenczi. Je suis fier de mon père. Quand des questions me torturent la tête, je n'ai qu'à descendre dans son laboratoire, au sous-sol. Papa a toujours du temps pour me répondre. Enfin, il avait toujours du temps…

Depuis que papa nous a quittés brusquement, ce n'est plus pareil à la maison. Maman pleure souvent. Jonas, mon frère, fait un vacarme épouvantable. Il ne veut pas penser à papa, à sa mort. Et Jog, mon chien, est triste. Il ne comprend pas où est passé son maître. D'ailleurs, personne ne comprend. Sauf moi, peut-être…

Chapitre I

— Attends un peu, toi! Tu vas voir.

— Jog! a hurlé Jonas. À l'aide, Jog! Au secours!

Et Jog est entré à la course dans ma chambre pour défendre mon petit frère. Jog protégeait toujours Jonas. Comme nous nous bataillions souvent, Jog avait plusieurs occasions de me sauter dessus.

— Ah! arrête, sale cabot miteux! ai-je dit en tentant de l'écarter.

Jonas me serrait la tête sous son bras en me tirant les oreilles. Jog essayait de m'arracher une espadrille. Je ne me souviens plus pourquoi la bataille avait commencé. Mais bon! Qui sait pourquoi les batailles commencent? Et est-ce vraiment important?

C'est ce moment-là que papa a choisi pour nous surprendre. Nous ne l'avions pas vu arriver, trop concentrés sur le feu de l'action.

— Ça suffit, le vacarme, mes deux Chnouprouts! a-t-il lancé.

— On n'est pas des Chnouprouts, avons-nous répondu en nous immobilisant.

— Vous ne savez même pas ce que c'est, un Chnouprout.

Jog a alors réussi à chiper mon espadrille. Il s'est enfui hors de ma chambre en l'emportant. Et Jonas m'a lâché les oreilles.

J'ai détalé en vitesse à la poursuite de Jog et de mon espadrille. Papa avait l'air en pleine forme. Quand c'était le cas, mieux valait ne pas tomber sur lui. Il avait le don de raconter des histoires sans queue ni tête qui n'en finissaient plus.

Toute mon enfance, il m'avait narré les aventures d'un superhéros, Super-Super, et de son fidèle capitaine, Gaston le dragon. J'étais maintenant trop vieux pour ça, et je voyais venir l'histoire des Chnouprouts.

Dans le salon, j'ai encore dû livrer bataille contre Jog qui ne voulait pas me rendre mon espadrille. Finalement, j'ai

eu le dessus. Pas parce que c'est moi le plus fort, mais parce que je suis le plus intelligent. Nous avons fait la paix, mon chien et moi, et nous sommes sortis de la maison.

Rien de tel qu'une promenade au parc après une bonne bagarre.

En passant devant la cuisine, mes doutes se sont confirmés. J'ai entendu papa qui disait à Jonas:

— Les Chnouprouts viennent de la planète Chnoup, du système Rout-39…

Nous nous sommes échappés sur la pointe des pattes, histoire de passer inaperçus.

— Viens, Jog. Allons chasser.

— Sois prudent en traversant les rues, Jonathan, a crié papa alors que nous étions presque sur la galerie.

Chapitre II

— Jonathan, laisse ton frère tranquille.

— Mais, maman! C'est lui qui a commencé…

— Ce n'est pas vrai, a protesté Jonas.

— Wouarf! a précisé Jog.

— Peu importe, a tranché maman. Jonas a des devoirs à finir. Ce n'est pas le moment de vous bagarrer.

Jonas était trop jeune pour faire ses devoirs seul dans sa chambre. Alors il s'installait à la table de la cuisine avec ses cahiers. Maman et papa le surveillaient à tour de rôle en préparant les repas. Moi, j'en profitais pour venir le taquiner. De mon côté, mes devoirs, je les expédiais en un rien de temps.

Je réussissais facilement à l'école. J'étais en train de terminer ma cinquième année. Encore un an et j'allais passer au secondaire. Je dois admettre que j'avais hâte. Je me sentais de moins en moins à ma place parmi les bébés.

— Bébé lala, ai-je soufflé tout bas dans l'oreille de mon frère.

— Maman! s'est écrié Jonas en lâchant son crayon.

— Ça suffit, Jonathan! a proféré maman.

Quand elle employait ce ton, il valait mieux la prendre au sérieux.

— Va donc promener Jog en attendant le repas, m'a-t-elle ordonné.

18

On s'est retrouvés sur le trottoir, Jog et moi, reliés par sa laisse. Nous allions atteindre le parc lorsque papa est sorti de l'épicerie, un sac à la main.

— Tiens, tiens! a-t-il lancé en nous voyant. Je les connais, ces deux-là.

— Salut, papa.

— Super-Super et son chien ionique!

— Oh! arrête, s'il te plaît, papa, je ne suis plus un bébé. Les histoires de Super-Super, c'était amusant quand j'étais plus jeune, sauf que…

— Maintenant, tu as grandi, je sais… Allons au parc faire courir Jog.

— OK, à condition que tu ne recommences pas.

— Parole de Jupi!

Je soupirai en levant les yeux au ciel. Mon père était vraiment incorrigible.

Au parc, le nez de Jog devenait fou. Il voulait tout sentir, tout humer, tout flairer, tout découvrir.

— Je pense que le chien est issu du croisement entre le loup et la belette, a avancé papa en l'observant.

— Pas du tout, ai-je protesté. Le chien est issu du croisement entre le renard et la fouine.

— En es-tu certain?

— Non, ai-je répondu.

— Alors d'accord, a dit papa.

Nous nous sommes mis à rire.

C'était un grand parc. Il y avait beaucoup d'écureuils, d'oiseaux et de petites bestioles dans les herbes et dans les buissons. Jog voulait les identifier un à un. Il chassait avec attention et précision.

Jog n'était pas un chien méchant, au contraire. Il ne chassait que pour le sport. Généralement, ses proies s'en sortaient avec une bonne frousse. Jog leur laissait la vie sauve.

— Papa? me suis-je risqué.

— Oui, Jonathan?

— Un chiffre, est-ce que c'est comme un mot?

— Pourquoi veux-tu savoir ça, Jonathan?

— Quand je regarde les chiffres, dans mes livres de maths, ils me parlent aussi bien que si c'étaient des mots.

Le phénomène avait débuté l'année précédente. J'avais vite appris les bases des mathématiques et je m'ennuyais à l'école durant les cours.

J'avais donc commencé à jouer avec les chiffres et les nombres pour passer le temps. À force de les manipuler, ils se sont mis à éveiller des idées dans ma tête, exactement à la manière des mots des livres.

— Tu as raison, Jonathan, a admis papa après un silence. Les chiffres, les nombres, les maths, c'est un langage.

Chapitre III

Papa était un savant, un astrophysicien.

Dans son laboratoire du sous-sol, il trafiquait toutes sortes d'expériences. Papa travaillait pour le compte d'une grande agence internationale de recherche scientifique. C'était un chercheur estimé de ses collègues. Il avait écrit quelques livres, et on le citait aussi dans plusieurs ouvrages.

Quand j'étais plus jeune, j'allais l'espionner dans son laboratoire. Papa l'avait équipé de machines, d'ordinateurs, de téléviseurs, d'imprimantes et d'autres bidules étranges.

Je me cachais sous une des tables avec Gaston le dragon — oui, le fidèle capitaine de Super-Super — et nous épiions papa. Souvent, il parlait aux machines.

— Docteur Julien Ferenczi, option Jupi@#…4S-8|-])-o(12^{e}e)-R… Je suis prêt pour le transfert des données.

Ses machines s'activaient alors si bien qu'on aurait pu les croire vivantes. J'avais un peu peur, mais Gaston le dragon me protégeait.

Papa m'avait expliqué que son travail d'astrophysicien consistait à essayer de comprendre l'Univers. Ça m'intriguait. Même petit, j'étais très curieux.

— Qu'est-ce que c'est, l'Univers? lui avais-je demandé.

— L'Univers? avait-il répondu en souriant. L'Univers, c'est ce que nous fabriquons chaque jour, toi et moi, Jonas et ta maman, Gaston le dragon et Jog le chien…

«Tout le monde, tous les jours, fabrique l'Univers. Et ça, c'est sans tenir compte de ce que font les pierres, les grains de sable, la mer, les plantes et les arbres… Tous participent à la création de l'Univers, tant les planètes, les étoiles que les galaxies.»

— Pourquoi s'en préoccuper, si tout le monde le fait?

— Parce que c'est intéressant, Jonathan, parce que c'est intéressant.

La plupart du temps, papa travaillait à la maison. À l'occasion, il devait aller à l'étranger — généralement à New York — pour donner des conférences devant des savants. À d'autres moments, c'étaient les savants étrangers qui venaient visiter son laboratoire.

J'en profitais donc pour espionner. C'était facile, j'étais petit et je me cachais dans la salle de lavage, juste à côté du laboratoire de papa. Sauf que je ne comprenais jamais rien de ce qu'ils disaient. Avec les étrangers, mon père parlait une langue incompréhensible.

Papa leur montrait des graphiques, des liasses de calculs imprimés. Il installait ses invités devant les ordinateurs et actionnait quelques machines. Alors la lumière se mettait à baisser, et on aurait juré qu'elle était aspirée par le laboratoire. J'avais un peu peur, je l'avoue. Les murs émettaient un grondement sourd.

Tout cessait d'un coup sec, comme s'il ne s'était rien produit. Je trouvais cela inquiétant, mais j'étais certain que papa savait ce qu'il faisait. Quant à Jonas, il devenait vert de peur à tout coup.

Jog ne les portait pas dans son coeur, ces visiteurs étrangers. Il grognait en sourdine jusqu'à ce qu'ils s'en aillent. Parfois, il voulait les manger. Papa le grondait et Jog finissait en punition dehors, sur la galerie.

J'étais content d'avoir un père savant. Il y avait beaucoup de questions qui me montaient à la tête. Quand j'étais enfant, je ne savais pas comment les poser, ces questions. Maintenant que je grandissais, elles devenaient plus claires.

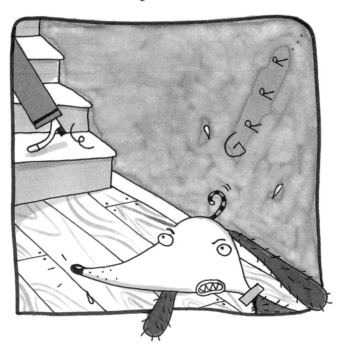

J'étais encore tout jeune, caché sous une table à jouer avec Gaston le dragon, quand papa a annoncé:

— Capitaine Gaston le dragon, au rapport! Capitaine Gaston le dragon, au rapport!

J'ai regardé Gaston avec étonnement. Lui non plus ne semblait pas saisir ce qui se passait. Les machines de papa se sont mises à biper et à *dringuelinguer*.

— Capitaine Gaston le dragon, au rapport... Voici votre ordre de mission:

retrouvez tout de suite Super-Super et conduisez-le à la cuisine. Un spaghetti à la sauce tomate est en perdition sur la table. Le parmesan râpé n'attend que ses ordres. Il est prêt à passer à l'attaque. La situation est grave. Un ennemi mortel rôde autour de la table. Son nom de code est Jog!

Nous sommes remontés à la course. Il n'était pas question de laisser un spaghetti en perdition à la portée de Jog. J'avais cinq ou six ans à l'époque, je pense.

J'avais bien changé depuis le temps.

Chapitre IV

Pour ne plus embêter Jonas quand il faisait ses devoirs, j'avais pris l'habitude de promener Jog au parc avant le repas. Jog en était le premier heureux, lui qui, sur trois pattes, courait plus vite que n'importe quel chien à quatre pattes.

Jog était un handicapé, mais seulement lorsqu'on le comparait aux autres. Il avait grandi avec moi. Il avait adopté notre famille quand j'étais encore très jeune. À mes yeux, Jog était le chien le plus normal qui soit. Lui-même, je pense, n'a jamais perçu sa différence.

Quand ce n'était pas à son tour de cuisiner, papa nous accompagnait au parc. J'aimais ça. Nous discutions de plein de choses. Mon père s'intéressait à moi, ce qui me rendait fier.

— Vraiment, ce chien m'étonne beaucoup, observait-il en regardant courir Jog.

Si Jog avait soif, il n'avait pas besoin de parler. Ses yeux exprimaient tout ce qu'il voulait. Jog était un chien très intelligent, plus intelligent que la moyenne des chiens, je crois.

— Jog a trois neurones répertoriés, dont deux fonctionnels, avait affirmé papa. La plupart des chiens n'utilisent qu'un demi-neurone.

— C'est quoi un noeud rond, papa?

— Une cellule du cerveau, Jonathan. Nous, on en a des milliards. Pas les chiens.

Papa avait expliqué à Jonas que Jog était un chien savant qui venait de Jupi, la supposée planète d'origine de mon père. Et cet imbécile de Jonas avait gobé tout ça sans se poser de questions. C'est dire à quel point on est crédule quand on est petit.

Jog a bu à la fontaine, non sans avoir auparavant chassé les oiseaux intrus qui s'y prélassaient. Deux mots ont suffi à les faire fuir dans un fracas de battements d'ailes.

— J'ai repensé à ce que tu m'as dit à propos des mathématiques, a repris papa. Te souviens-tu?

— Bien sûr, ai-je répondu en flattant la tête de Jog. C'est un langage.

— Oui, un langage. Et sais-tu quelle histoire il raconte, ce langage?

J'ai réfléchi un peu. Mais je n'en avais aucune idée.

— Il raconte l'histoire de l'Univers, Jonathan. Il permet de lire dans les étoiles et de comprendre comment nous en sommes arrivés là, à vivre sur Gaïa.

— Gaïa?

— Oui, Gaïa, la Terre, comme l'appelaient les Anciens.

Jog en avait assez de nous entendre. Il s'est mis à me mordiller le mollet en grognant. Il voulait rentrer à la maison.

— Manger, manger, manger! jappait-il en sautillant sur ses trois pattes.

Chapitre V

— Papa est un extraterrestre, racontait Jonas à Jog, prisonnier dans ses bras. Il vient de la planète Jupi. Sa fusée a manqué d'essence et il est pris ici.

— Arrête de dire des sornettes!

— Je ne dis pas des sornettes!

— Oui, tu dis des sornettes!

— Non, ce n'est pas vrai! Et puis qu'est-ce que c'est, des sornettes?

Mon frère était facile à exaspérer. Il suffisait de le contredire juste un peu pour qu'il se fâche. La plupart du temps, ça dégénérait en bataille. Et Jonas, même s'il était plus petit, était un bon bagarreur. D'autant plus que, lorsqu'il avait le dessous, il pouvait compter sur Jog. Moi, je devais me défendre seul.

Ce jour-là, c'était Jonas qui avait le dessus. J'avais beau appeler Jog à ma rescousse, ce traître restait tranquillement assis devant la porte. Il souriait en remuant la queue.

Jonas m'avait pris par surprise. Je ne sais comment, mais je me suis retrouvé par terre. Jonas en a profité pour sauter sur moi et me faire une clé fatale. Je ne pouvais plus bouger.

— Avoue que papa est un Jupi, m'a ordonné Jonas.

— Jog! À l'aide!

— Avoue!

— J'avoue! ai-je râlé parce qu'il m'étouffait un peu.

— Tu avoues quoi?

— Que papa est un Jupi…

— Bien!

Jonas m'a lâché. Il s'est enfui à toutes jambes hors de ma chambre avant que je me relève. Tant mieux, parce que je ne l'aurais pas manqué.

Jog est venu me lécher la main. Il voulait que je lui pardonne, ce traître.

— Cabot miteux, et traître en plus! lui ai-je dit en lui flattant la tête. C'est tout un bon chien, ça! Hein, Jog?

— Wouarf! a-t-il répondu en croyant
que je lui avais pardonné.

— Ah! ai-je grommelé. De toute façon, tu ne comprends rien. Tu n'as pas assez de neurones.

— Wouarf! a-t-il confirmé.

Alors je lui ai pardonné. Qu'aurais-je pu faire d'autre?

Chapitre VI

Durant nos vacances aux Îles, papa s'était surpassé avec ses histoires.

Nous habitions un chalet loué au bord d'une grande plage de sable fin. Chaque soir, nous préparions un feu de camp, et papa entreprenait de raconter. Au bout de trois jours, je n'en pouvais plus. Et nous allions rester encore deux semaines en vacances. Mais avec maman, c'était pire.

Quand maman décidait que nous devions bouger, nous devions bouger. Ainsi, elle planifiait toutes sortes d'expéditions autour des Îles.

En deux semaines, nous avions fait du vélo à nous en disloquer les jambes, de la planche à voile — jamais je n'ai bu autant d'eau salée —, de la plongée sous-marine, des excursions pédestres, de la pêche au homard et au crabe. Et je ne parle pas des jeux de plage, bien entendu.

— S'il y avait des montagnes dans les environs, disait papa, nous serions déjà en train de les escalader.

J'avais donc pris l'habitude, le soir, de manger en vitesse pour ne pas subir les histoires de mon père. Ensuite, je m'esquivais en sourdine avec Jog. Papa me faisait parfois un clin d'oeil complice. Il comprenait que j'avais grandi.

— Et c'est ainsi que s'est produit le déclin de l'empire des crevettes intersidérales, poursuivait papa.

— Des crevettes comme celle-ci? a demandé Jonas en en brandissant une.

— Non, des crevettes intersidérales, les meilleures crevettes de l'Univers!

Moi, intersidérales ou pas, les crevettes, je ne les aimais pas beaucoup, comme tous ces supposés «fruits» de mer. Il faut me croire, ça ne goûte pas du tout les fruits.

Je passais le temps à lancer le bâton à Jog qui le ramenait au pas de course, la langue pendante et la queue frétillante. Ce

40

chien était infatigable, si bien que je me lassais avant lui.

Alors je m'assoyais devant la mer et je la regardais bouger. On aurait juré que les vagues respiraient, et qu'un géant dormait sous l'eau et soulevait la mer avec sa poitrine en ronflant doucement.

— Jonathan dit des cornettes! a crié Jonas en me dépassant à la course. Jonathan dit des cornettes! Des cornettes! Des cornettes! Des cornettes!

Jog lui a aussitôt emboîté le pas.

— Ce ne sont pas des «cornettes», idiot, lui ai-je répondu à pleins poumons, ce sont des «sornettes».

— Jonathan dit des cornettes! Jonathan dit des cornettes! persistait-il dans le lointain.

Et ils ont disparu, Jog et lui, derrière une dune. J'entendais aboyer Jog. Il venait peut-être de trouver un crabe, comme le jour de notre arrivée.

Papa était venu me rejoindre quelques instants après. Maman voulait rester au chalet. Elle se sentait fatiguée, et il y avait de quoi: nous avions nagé tout l'après-midi.

Le soleil se couchait. Au loin, Jog et Jonas bataillaient contre les vagues. C'était

Jog, bien entendu, qui se faisait arroser le plus.

Papa s'est assis sur le sable à côté de moi:

— C'est beau, la mer, n'est-ce pas?

— Ça bouge beaucoup là-dedans.

— Et quand la mer est calme? Et quand il n'y a pas une seule vague?

— Ne prétends surtout pas que c'est parce que les poissons dorment, papa, l'ai-je averti.

Mon père s'est mis à rire:

— Moi, Jonathan, je te raconterais des sornettes? Voyons!

Il était de trop bonne humeur pour que je lui fasse confiance. J'ai donc décidé de prendre les devants:

— Et ne me dis pas non plus que les poissons sont venus des océans de Neptune après avoir inventé la téléportation, ai-je répliqué en me croyant futé.

— Mais non, mais non. Quand la mer est calme et qu'elle reflète le ciel comme un miroir, c'est parce que le vent est tombé.

— Ah! ai-je lancé, surpris.

— C'est pareil pour l'Univers, Jonathan, a-t-il ajouté.

— Je ne comprends pas.

— Écoute-moi. Rien n'est immobile dans l'Univers. Tout bouge. Tout est en mouvement depuis la grande explosion du big bang…

— Le quoi?

— Le big bang. Je t'explique. Avant, il y a très longtemps, l'Univers était concentré en un seul point, à un seul endroit. On ne sait pas encore pourquoi sauf que, à un moment donné, il y a eu une explosion, qu'on appelle le big bang. Après, tous les grains de l'Univers se sont mis à se disperser.

«Depuis ce temps-là, tous les morceaux de l'Univers s'éloignent les uns des autres. Le big bang, c'est de l'énergie, un peu comme le vent qui agite les vagues de la mer.»

Papa s'est levé pour aller rejoindre Jonas et Jog.

— Et ce ne sont pas des «cornettes», a-t-il ajouté en me tournant le dos.

Chapitre VII

— Tu crois qu'elle va me suivre jusqu'à la maison? a demandé le pauvre Timmy après le repas.

Chaque dimanche d'été, papa cuisait le repas sur le barbecue. Et Timmy, à titre de meilleur ami de Jonas, n'en ratait pas un.

Timmy, c'était un peu mon deuxième petit frère. Même Jog l'avait adopté. Et maman l'aimait beaucoup. Timmy dormait souvent à la maison. Je ne m'étonnais pas de le voir à table le matin, le nez dans son bol de céréales, les cheveux ébouriffés.

Ce dimanche-là, papa nous avait raconté une histoire abominable.

— La guerre que les guêpes à tête chercheuse d'Uranus ont déclarée aux humains… Une guerre épouvantable, je vous assure, et qui dure encore aujourd'hui.

Pauvre Timmy! Il en avait tremblé sur son siège. Papa avait affirmé que chaque bébé guêpe a dans son berceau la photo de l'humain à qui il devrait faire la guerre lorsqu'il serait grand.

Durant ces barbecues, je ne pouvais m'esquiver. Alors je subissais les histoires incroyables de mon père.

Timmy et Jonas, eux, avalaient ça comme des fraises et de la crème fraîche. Et quand une guêpe s'est mise à tourner autour de la saucisse que mangeait le petit Timmy, il a été convaincu d'être en face de son pire ennemi.

— Papa, tu racontes toujours la même histoire, ai-je protesté mollement.

— C'est vrai, a appuyé Jonas à ma grande surprise. Ça se résume à l'histoire d'une bande de bibittes extraterrestres qui décident d'envahir la Terre. Leur plan ne marche pas et elles ont l'air aussi fou que la reine Chnoupette Aspring.

Je râlais de temps à autre mais, dans le fond, j'aimais bien écouter papa inventer toutes ses «cornettes» en gesticulant avec ses ustensiles au-dessus du barbecue.

Jog, lui, n'en avait rien à japper de toutes ces histoires. Il était occupé à quémander des bouts de pain ou de saucisse sous la table. Et lorsqu'on l'oubliait trop longtemps, on était bon pour se faire mâchouiller ses lacets.

Maman, elle, regardait papa en souriant. Elle écoutait ses histoires et partait souvent d'un grand rire clair. Je crois qu'ils s'aimaient beaucoup, ces deux-là.

Dommage que tout ça soit terminé, maintenant.

Chapitre VIII

— Est-ce que ça existe, papa, des livres écrits juste avec des chiffres et des nombres?

Je m'ennuyais à l'école. J'étais en sixième année et j'avais l'impression que je n'apprenais plus rien, du moins en mathématiques. On se contentait de réviser des broutilles comme les additions, les soustractions, les multiplications, les divisions et les fractions. Rien de bien stimulant pour moi.

Cependant, j'avais la certitude qu'il me restait encore plein de choses à connaître.

— Attends un peu, Jonathan, a dit papa en se levant.

Il a farfouillé quelques instants dans sa bibliothèque pour dégoter enfin ce qu'il cherchait.

— Ah! le voici! Commence par lire ce livre et, si tu l'aimes, je t'en prêterai d'autres.

Je me suis plongé dans cette lecture. C'était fascinant. J'ai appris l'algèbre de cette manière. C'était plus que des mathématiques. J'ai même dû le relire trois fois pour être certain que j'avais bien compris. Mais j'avais bien compris.

Alors je suis allé voir papa qui cuisinait une lasagne gratinée. Jog était derrière lui à guetter les miettes. Papa lui racontait une histoire à propos de l'Univers. Je tombais donc bien.

— Papa, ai-je demandé, est-ce que l'Univers ne serait pas un symbole, par hasard?

— C'est à toi de le découvrir, mon grand, m'a-t-il répondu.

Chapitre IX

Nous allions souvent à la campagne, la fin de semaine.

Papa nous conduisait chez tante Alice, la soeur de maman qui habitait une grande maison près d'un lac. J'aimais beaucoup tante Alice. Elle était aussi belle que maman. Elle était artiste peintre. Ses toiles étaient magnifiques. Je pouvais passer des heures à rêver dans son atelier.

— Qu'est-ce que tu lis, Jonathan? m'avait-elle demandé un soir après le repas.

C'était un autre livre prêté par papa. Je le trouvais si fascinant que j'avais de la peine à le refermer. Je l'avais donc apporté à la campagne.

— *Éléments de physique*, ai-je répondu en lui montrant la couverture.

— N'es-tu pas un peu jeune, mon ange, pour de telles lectures?

— Ne t'inquiète pas, tante Alice, l'ai-je rassurée. Je ne serais pas capable de le lire si je ne le comprenais pas. Ou vice-versa, si tu préfères...

Papa est venu me rejoindre sur la galerie. La nuit tombait. Le ciel était limpide. On voyait des milliards d'étoiles. Il y avait plein de bruits qui montaient de la forêt. L'air était doux et fleurait bon. Je me sentais heureux et paisible.

— Regarde, Jonathan, m'a-t-il dit en pointant le ciel. C'est notre Univers, vu d'ici, de Gaïa. Regarde, il bouge. Si tu l'observes assez longtemps, tu vas te rendre compte qu'il tourne. Notre Univers est comme une toupie.

— Et qu'est-ce qui la fait tourner, cette toupie, papa?

— Ça, mon gars, c'est une question qui dépasse les mathématiques. C'est de la philosophie. Nous en reparlerons quand ce sera le temps.

Le reste de la famille est sorti. Tante Alice et maman riaient en discutant. Jog était à l'affût. On entendait des craquements dans les bois avoisinants.

— Elle est où dans le ciel, papa, la planète Jupi? a voulu savoir Jonas en s'assoyant sur ses genoux.

— Regarde là, a-t-il répondu en indiquant une étoile. Vois-tu cette grosse étoile brillante?

— Oui?

— Ce n'est pas une étoile, mais une planète. C'est Jupiter. La planète Jupi se tient juste derrière. C'est pour ça qu'on ne peut pas la voir.

Jog s'est mis à japper. Une bestiole passait très vite dans les buissons. Jog s'est lancé à sa poursuite.

— Jog! a crié papa. Ici!

Stoppé net dans son élan, Jog est revenu, les oreilles basses, ne sachant trop
quelle bêtise il avait encore commise.

— Assis, Jog, lui a alors ordonné papa.
C'est une mouffette.

Chapitre X

— Quand est-ce que papa revient? m'a questionné Jonas pour la millième fois.

— Je ne sais pas, lui ai-je répondu. Demande à maman.

Cet automne-là, nous n'avions pas beaucoup vu notre père. Ses travaux de recherche l'obligeaient souvent à se rendre aux laboratoires de son agence, à New York. Il approchait d'une solution à son problème. Il nous l'avait expliqué, la veille de son premier départ.

Papa avait cuisiné une autre lasagne gratinée. C'était notre plat préféré, à Jonas et à moi. Elle était délicieuse. Nous étions tous autour de la table et de bonne humeur.

— Mes recherches avancent à grands pas, nous avait-il dit. Il y a longtemps que je travaille à ce problème. Je crois que j'ai enfin trouvé la solution.

— Quel problème? l'a interrogé Jonas en se barbouillant la bouche de sauce tomate.

— La matière noire, la matière manquante de l'Univers. Te souviens-tu, Jonas, j'en ai déjà parlé? C'est très simple.

«L'Univers est composé de tout ce qu'on peut voir, du brin d'herbe jusqu'aux étoiles, et de tout ce qu'on ne peut pas voir avec nos yeux, et qui existe pareil. Dans ce qu'on ne voit pas, il y a la matière noire, qu'on appelle aussi les trous noirs, la matière manquante de l'Univers...»

— Quelqu'un l'a volée? s'est exclamé Jonas.

— Mais non, idiot, ai-je répliqué. C'est l'antimatière.

— Jonathan! a tranché maman. Excuse-toi tout de suite. On ne traite pas son frère d'idiot.

— D'accord. Excuse-moi, espèce de Chnouprout!

— Maman!

Moi, je comprenais un peu les travaux d'astrophysique de mon père. Jonas, lui, pas une miette. Et maman, je pense qu'elle faisait semblant pour plaire à papa.

— Ta mère et ton frère ont une intelligence plus humaine que la nôtre, Jonathan, m'avait expliqué papa.

— Et est-ce que c'est bien? m'étais-je inquiété.

— C'est merveilleux, Jonathan. Imagine un peu. Si tout le monde avait la même intelligence, plus personne n'aurait rien à se dire.

— Ce serait comme si tout le monde pensait la même chose en même temps?

— Oui, et ça, ce serait inquiétant. Triste, même.

Papa m'avait donné deux livres d'astrophysique à lire. Je savais donc ce qu'étaient les trous noirs de l'Univers: des gouffres d'antimatière. Je savais aussi qu'ils se nourrissaient en avalant la matière lumineuse autour d'eux.

Et je savais que l'ambition de papa, c'était de recréer un trou noir en laboratoire. Pourquoi? Je n'en avais pas la moindre idée et je n'osais le lui demander, de peur de passer pour un petit ignorant. J'étais si fier de l'attention que papa portait à mes lectures. Je ne voulais surtout pas le décevoir.

Pendant tout cet automne-là, papa a effectué de constants allers-retours à New York. Il n'avait pas le temps de vider ses valises que nous devions déjà le reconduire à l'aéroport.

— Papa, j'aimerais bien aller avec toi à New York, lui avais-je dit un jour.

— C'est une très grande ville, Jonathan, et tu es encore jeune.

— Ce n'est pas New York qui m'intéresse, papa. C'est ton laboratoire. J'aimerais le voir et assister à tes expériences.

— Pour le moment, c'est impossible. C'est trop dangereux. Plus tard, peut-être...

Il n'y a pas eu de plus tard. Jamais je n'ai pu discuter avec mon père de ce qui fait tourner la toupie de l'Univers.

Chapitre XI

Aux vacances de Noël, papa a pris deux semaines de congé.

Il avait l'air très fatigué. Il avait des cernes sous les yeux. Il était amaigri. Maman le comblait d'attention et d'amour.

Papa avait loué un chalet dans une station hivernale. C'était un village dans la montagne. Les activités ne manquaient pas.

On pouvait glisser sur la neige en traîneau, faire du ski de fond, du patin, de la randonnée en raquettes. Il y avait même un attelage de chiens — ce que Jog n'appréciait pas trop. Il passait des heures à nous inspecter du bout du nez quand nous revenions d'une telle randonnée.

Nous avions aussi accès à un immense gymnase avec piscine et sauna.

Papa restait dans le chalet, assis devant le feu de foyer, à lire sa documentation. Nous avions bien essayé de le distraire, de l'emmener jouer dehors. Chaque fois, il prétextait devoir terminer la lecture de ses notes.

— C'est urgent, affirmait-il.

— Allons donc, Julien, insistait maman. Rien n'est si urgent que tu ne puisses pas venir glisser un peu avec nous.

Et il cédait. Nous nous retrouvions tous sur des luges, en haut de la colline. Jog nous tournait autour en jappant, prêt à nous défendre contre le dernier des chiens de traîneau, s'il avait le malheur d'en voir un dans le coin.

Mais papa rentrait au bout d'une demi-heure, le nez gelé, les yeux rouges, pour se réinstaller avec ses notes devant le feu de foyer. Nous, nous poursuivions nos glissades effrénées sur la belle neige blanche et soyeuse.

Après nos après-midi en plein air, maman, Jonas, Jog et moi, nous étions certains d'être accueillis par les bonnes odeurs du repas que papa avait pris la peine de cuisiner. Il nous préparait des chocolats chauds en nous voyant revenir

par la fenêtre. Et nous les buvions près du feu, enroulés dans des couvertures.

Il suffisait alors de surveiller la langue de Jog qui avait tendance à tomber toute seule dans le chocolat chaud, et l'on profitait d'un moment de paix intense.

Ce jour-là, maman et Jonas avaient envie de s'affronter au badminton. Moi, j'étais plutôt fatigué. J'avais passé la soirée de la veille à jouer au hockey sur glace avec les autres jeunes de la station hivernale.

J'avais donc décidé de rester au chalet, avec papa qui lisait et Jog, boudeur, qui n'avait pas le droit d'aller au gymnase. Il ronchonnait dans un coin du salon, près du foyer, en faisant semblant de dormir. Mais quand papa s'est levé pour passer à la cuisine, il a été le premier à ses côtés, en cas de miettes et — sait-on jamais — d'un cadeau.

— Est-ce que je peux t'aider? ai-je demandé à papa.

Il commençait les préparatifs du repas.

— Certainement. Tiens, coupe ces légumes.

J'ai pris un couteau et je me suis attaqué aux pommes de terre.

— Papa?

— Oui, Jonathan?

— Est-ce que c'est normal si je ne comprends pas tout ce que je lis?

— Explique.

— Eh bien… Je lis parfois des choses et c'est comme si je ne lisais pas. J'ai beau

recommencer, ça ne me dit rien. Est-ce que c'est normal, papa?

Papa a déposé le couteau avec lequel il tranchait des cubes de poulet. Il s'est servi un verre de vin en souriant. Je le regardais réfléchir, attendant sa réponse.

— Personne ne peut tout comprendre, a-t-il précisé après un certain moment. Si ça devait arriver, ce serait qu'il n'y a plus d'inconnu, Jonathan. Est-ce que tu me suis? Comprendre, apprendre, c'est ce qui permet aux êtres humains de vivre. Si on comprenait tout, ce serait une belle catastrophe, si tu veux mon avis.

— Mais toi, papa, tu comprends presque tout, non?

Papa est alors parti d'un grand rire.

— Non, Jonathan, a-t-il avoué en se calmant. Au contraire, j'ai l'impression que je comprends de moins en moins... Et c'est très déroutant.

— Je ne te suis plus, papa.

— Pardon... Écoute, Jonathan, ce que je veux dire, en fin de compte, c'est qu'apprendre et comprendre, ce sont avant tout des plaisirs et non une fin, un but. Si tu entretiens toujours ton plaisir d'apprendre, tu voudras toujours comprendre.

— Je dois donc me contenter d'apprendre?

— Non, tu dois plutôt t'amuser à apprendre... Si tu ne comprends pas maintenant certaines choses que tu lis, c'est que ce n'est pas encore le temps pour toi

de les apprendre. Est-ce que tu me suis, Jonathan?

— Je pense que oui.

Là-dessus, Jog s'est précipité à la porte parce que maman et Jonas revenaient. Jog a pris la peine de les sentir soigneusement pour s'assurer qu'ils ne s'étaient pas encore compromis avec l'attelage de chiens.

Jog était très pointilleux avec les autres chiens. Ils n'avaient pas le droit de toucher aux membres de notre famille, sinon ils étaient bons pour se faire mordre ou, au minimum, se faire engueuler un bon coup.

— Merci, papa.

— Il n'y a pas de quoi, mon grand.

— Jonathan dit encore des «cornettes»! Jonathan dit encore des «cornettes»!

Et Jonas est passé en trombe près de moi. Je l'ai rattrapé devant le foyer et une bagarre a commencé. Bien entendu, j'avais le dessus et Jog s'est attaqué à la manche de mon chandail.

— Je vais te montrer, moi, qui dit des «cornettes», ai-je grondé en chatouillant mon petit frère qui criait au meurtre.

Chapitre XII

Et puis papa est reparti pour New York.

Cette fois, il n'est plus revenu. Deux étrangers ont frappé à la porte, un soir, alors que nous venions de terminer le repas. Jog s'était précipité dans l'intention de les dévorer tout crus. En général, Jog n'aimait pas les étrangers. Sauf que ceux-là, il les reconnaissait et il les haïssait.

Les deux hommes eurent un entretien avec maman. Jonas et moi retenions Jog dans la cuisine. Et ils sont partis. Jog a cessé de gronder. Le silence de cet instant m'est apparu inquiétant.

Nous avons trouvé maman affalée sur le sofa du salon. Elle pleurait. Nous nous sommes assis près d'elle, n'osant trop

demander ce qu'il se passait. Jog avait même posé son museau sur ses genoux. Il regardait maman et tentait de la consoler en lui léchant la main.

Maman nous a annoncé l'horrible nouvelle. Papa était mort. Un accident était survenu durant une expérience dans son laboratoire new-yorkais. Papa était entré en contact avec de l'antimatière. Et celle-ci l'avait avalé. Il avait réussi à créer un trou noir, mais c'était, hélas, au péril de sa vie.

Je ne pouvais pas croire que c'était vrai, que papa ne reviendrait plus, jamais. En même temps, j'en avais l'horrible conscience. Je regardais Jonas. Des larmes de rage mouillaient ses joues.

— C'est faux! s'est exclamé mon frère en sautant sur ses pieds. Papa est reparti pour Jupi!

Et Jonas s'est enfui en claquant la porte derrière lui.

Moi, j'avais le coeur si gros que je n'arrivais pas à parler, et encore moins à pleurer. Alors je me suis collé contre ma mère et je l'ai serrée très fort. Au bout de quelques minutes, ma gorge s'est déliée un peu, juste le temps de lui dire:

— Je t'aime, maman.

Et mes larmes sont enfin sorties, mouillant tout le chemisier de maman, qui me caressait les cheveux. Je n'étais même pas capable de repousser Jog qui me léchait la joue.

Qu'allais-je devenir, maintenant, sans mon père pour répondre à mes questions?

Chapitre XIII

Les funérailles de papa ont été l'événement le plus triste que j'aie connu de toute ma jeune vie.

Jonas était intenable. Par chance, tante Alice était auprès de nous. Elles pleuraient, maman et elle. Moi, je ne pouvais pas. J'avais laissé mon coeur entre les mots du livre de papa. Il avait griffonné quelque chose pour moi sur la page de garde.

«Je suis un grain de sable sur la plage. Mais sans les grains de sable, il n'y aurait pas de plage. Ton papa qui t'aime.»

Avant de partir pour la cérémonie funèbre, j'ai mis ce livre sur le coussin de Jog en lui flattant la tête.

— Veille là-dessus, mon chien. C'est ce que j'ai de plus précieux.

C'était un livre écrit par papa et qui s'intitulait *Les trous noirs mangeurs d'Univers*.

Chapitre XIV

Tante Alice est venue vivre avec nous.

Ça aussi, c'était une chance. Maman avait bien besoin d'aide avec ce diable de Jonas. Il refusait de croire à la disparition de papa. Il nous cassait sans cesse les oreilles avec cette histoire de Jupi.

Je sais que ce n'était pas sa faute. Jonas était un enfant impressionnable et les histoires de papa l'avaient marqué à fond.

Moi, je passais le plus clair de mon temps à lire dans ma chambre. J'étais allé dans le laboratoire de papa. J'avais pris des livres dans sa bibliothèque. Je les avais pris au hasard puisque, selon mon père, je ne les lirais que si j'étais en mesure de les comprendre.

Et il y avait cette damnée sixième année à compléter. Je me désintéressais de plus en plus de l'école. Mon professeur

a même convoqué maman un vendredi après-midi.

— Je suis inquiet pour Jonathan, madame, a-t-il lancé comme si je n'étais pas là.

— Il y a les circonstances, vous savez, a-t-elle répondu.

C'était quelques semaines seulement après la disparition de papa. J'avais peur que maman se remette à pleurer. Ça lui arrivait souvent, dernièrement.

— Bien sûr, a repris mon professeur. C'est une perte qui est dure à porter.

— Pourtant, ses résultats sont excellents, m'a défendu maman.

— Oui, c'est vrai, et ce n'est pas ça qui m'inquiète. Jonathan a le potentiel pour étudier là où il lui plaira. Mais je trouve un peu étranges, madame, les lectures dans lesquelles il se plonge.

— Que voulez-vous dire?

— Que papa m'a prêté des livres, suis-je intervenu.

— Je l'ai surpris cette semaine, a poursuivi mon professeur, à lire en cachette *Comment je vois le monde* d'Albert Einstein. Et la semaine dernière, il avait dans son sac *Le Tao de la physique* de Capra.

C'est de cette manière que je me suis retrouvé aux examens d'admission d'un prestigieux collège scientifique aux États-Unis. Et c'est de cette manière que je fus le plus jeune élève à jamais avoir été admis aux classes de sciences pures et, plus précisément, d'astrophysique.

Le grain de sable que j'étais rejoignait enfin sa plage. Papa avait raison.

Chapitre XV

Maman a vendu la maison.

Tante Alice nous a invités à vivre chez elle, dans sa grande maison au bord du lac. À la fin des classes, nous y avons emménagé. Jog était fou de joie de se trouver en si vaste territoire de chasse.

Pauvre chien, il avait mal pris tous les derniers chambardements. Il passait des jours entiers à guetter le retour de papa.

Lorsque les employés de l'agence étaient venus vider le laboratoire de son matériel, Jog avait voulu les manger avec tant d'insistance qu'il avait fallu le tenir en laisse. Et malgré cela, il avait été impossible de l'empêcher d'aboyer.

Moi, quand je les ai vus démanteler les traces de mon père, il m'a semblé qu'on m'arrachait encore une fois à lui. Jonas aussi, je pense, ressentait la même chose. Cependant, nous nous sommes pliés à la volonté de maman et nous les avons laissés faire.

Pauvre Jog! Quand il a vu que nous commencions à préparer les boîtes pour le déménagement, c'était comme si nous cassions tout son univers sous ses yeux. Je l'ai surpris un matin, couché au fond d'une boîte à moitié pleine de vêtements. Il avait tellement peur qu'on l'oublie.

Voilà! Je m'apprête maintenant à vivre le dernier été de mon enfance. En septembre, je vais entrer dans ce collège étranger. Je vais quitter les miens pour entreprendre une vie différente.

Je ne sais pas ce qui m'attend. Je ne sais pas ce que je deviendrai. J'avoue que j'ai un peu peur, pour ne pas dire beaucoup. Sans papa, je suis si démuni, il me semble… Sauf que j'entretiens l'espoir qu'il ne m'a pas tout à fait abandonné. C'est mon sentiment, si ténu, si fragile soit-il.

Je suis assis au bout du quai avec Jog. Des libellules voltigent au-dessus du lac. Jog les engueule un bon coup. Elles sont trop loin pour être chassées.

— Je suis un grain de sable sur la plage, ai-je marmonné sans m'en rendre compte.

— Mais sans les grains de sable, il n'y aurait pas de plage.

— Oui, papa. Merci.

Table des matières